Alma Flor Ada   F. Isabel Campoy

Celebra el Día de
Acción de Gracias
con Beto y Gaby

Ilustrado por **Claudia Rueda**

ALFAGUARA

—¡Cuántas delicias! —dice Beto emocionado—.
Tenemos comida en cantidad.
¡Será una fiesta de verdad!

De pronto, la mamá anuncia: —Llamó el tío Fernando.
No pueden venir porque sigue nevando.

—¡Qué pena! Entonces, ¡no vendrá la abuela!
—se lamenta Gaby.

—Ni modo —dice la mamá—.
Voy a llevarle el pavo
a la familia Linares.
Sé que les han llegado
muchos familiares.

—Porque hay mucha nieve
mis hijos no quieren viajar.

Pero sé que mis nietos me esperan.

Y usted, ¿con quién va a cenar?

—Yo vivo solo.
Cuando llegue a casa
me pondré a cocinar.

—Pues venga conmigo —dice la abuela—.

Mi hija siempre cocina en cantidad.

¡Será una fiesta de verdad!

—Mamá, era la prima Elena.

Ellos tampoco vendrán a la cena.

—¿Qué vamos a hacer
con tanta comida?

Subiré a llevarle el jamón
al buen don Ramón.

—¿Cómo que nadie las ha invitado?
Vengan, caminen con cuidado.

A mi hija y a mis nietos
les encantan las fiestas.
Ya que vamos tan retrasados,
¡les llevaré más invitados!

—Mamá, era la tía Inmaculada.
No pueden venir, por la nevada.

—¿Qué vamos a hacer
con tanta comida?
Bajaré a llevarle un pastel
a doña Sara y don Manuel.

—Vengan ustedes también.
Quedarse solos no les hace bien.

Mi hija y mis nietos me esperan.
Ya que vamos tan retrasados,
¡les llevaré más invitados!

—Tenemos invitados en cantidad.
¡Será una fiesta de verdad!
—grita Beto con alegría.

Gaby exclama:
—Gracias, abuelita,
por haber venido.
Y por los nuevos amigos
que nos has traído.

¿Qué es el Día de Acción de Gracias?

En todo el mundo siempre se han hecho fiestas "de acción de gracias".

La gente celebra las cosechas y da las gracias por todo lo que tiene de maneras muy distintas.

En Estados Unidos, las celebraciones de acción de gracias comenzaron hace muchos, muchos años.

En 1598, Don Juan de Oñate hizo una gran fiesta de acción de gracias muy cerca de donde hoy se encuentra la ciudad de El Paso, en el estado de Texas.

Oñate hizo un viaje muy largo y muy difícil para llegar a Texas. Con él viajaron unas 500 personas. Eran hombres, mujeres y niños que buscaban nuevas tierras para vivir. Venían de México.

Oñate era un criollo, es decir, hijo de españoles nacido en América.

Cuando llegaron al Río Grande, hicieron una gran fiesta que duró varios días. Estaban muy contentos porque estaban vivos a pesar de todas las dificultades del viaje.

Estados Unidos

★ El Paso

TEXAS

Río Grande

México

Unos años más tarde,
en 1621, se hizo una fiesta
parecida en Plymouth,
en el estado de Massachusetts.

La hicieron unos peregrinos
ingleses para dar gracias
por la buena cosecha que
habían tenido.

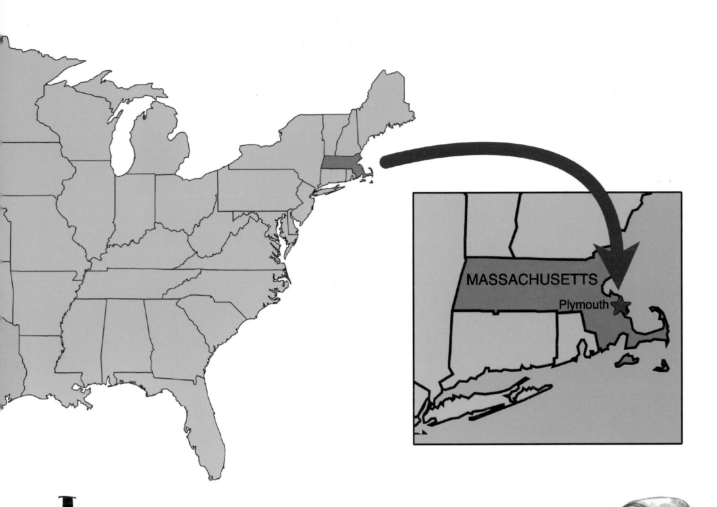

Los peregrinos habían llegado hacía muy poco de Europa. Los indígenas wampanoags les ayudaron a sembrar. Además, les enseñaron cosas importantes para vivir en su nuevo hogar.

Sin la ayuda de los indígenas, los peregrinos no hubieran podido sobrevivir. Por eso, los wampanoags fueron los invitados especiales en esta cena.

En 1863, el presidente Abraham Lincoln decidió que el Día de Acción de Gracias fuera una fiesta nacional.

Desde entonces, los estadounidenses se reúnen ese día con sus seres más queridos. Cenan juntos y dan gracias por las cosas buenas que han recibido. La celebración siempre es el cuarto jueves de noviembre.

NOVIEMBRE

D	L	M	M	J	V	S
				1	2	3	4
5	6	7	8	9	10	11
12	13	14	15	16	17	18
19	20	21	22	23	24	25
26	27	28	29	30

Por lo general,
se come pavo con salsa
de arándanos y pastel de calabaza.
Estos platos se parecen mucho a los que
comieron los peregrinos y los wampanoags
en la cena de Plymouth.

Algunas familias comen los platos
típicos de sus países.

Lo importante no es la comida, sino
reunirse para dar las gracias.

El Día de Acción de Gracias también es un día para compartir. Es común que toda la familia ayude a preparar la cena. ¡Para muchos es muy divertido!

Pero hay personas que no tienen familia. También hay familias que no tienen dinero para preparar una cena especial. Por eso, en escuelas, supermercados y otros lugares se organizan recolecciones de comida.

Algunas personas regalan alimentos. Otras, cocinan. ¡Lo importante es ayudar para que nadie se quede sin celebrar!

FOOD DRIVE

La Ciudad de Nueva York celebra este día con un gran desfile. Muchísima gente se reúne en la calle para verlo. Otros lo ven en su casa, en la televisión.

El Día de Acción de Gracias nos ayuda a recordar todo lo bueno que tenemos. Pero, en realidad, ¡todos los días podemos dar gracias! Por el sol, el agua, los alimentos, la familia y los amigos.

Mujeres de la tribu Gallong celebran un ritual de purificación con una pasta de arroz en honor al dios de la lluvia durante el Festival Mopin, en Jini, India.
© Lindsay Hebberd/CORBIS

Celebración de la cosecha de la uva durante las Fiestas de Otoño en Jerez de la Frontera, España.
© Ted Streshinsky/CORBIS

Festival de la Cosecha del Ñame en Kiriwina, Papúa Nueva Guinea.
© Caroline Penn/CORBIS

Una clase de kindergarten celebra el Shavout, o festival de la cosecha, en Jerusalén, Israel.
© Richard T. Nowtiz/CORBIS

Dramatización de la celebración de Acción de Gracias en San Elizario, cerca de El Paso, Texas.
© Benjamín Sánchez / Cortesía de Benjamín Sánchez & Museo Los Portales

Dramatización de la celebración de Acción de Gracias en San Elizario, cerca de El Paso, Texas.
© Benjamín Sánchez / Cortesía de Benjamín Sánchez & Museo Los Portales

La primera fiesta de Acción de Gracias, de Jennie Augusta Brownscombe
© Burstein Collection/CORBIS

Foto del presidente Abraham Lincoln tomada en 1863.
© CORBIS

Un abuelo le sirve pavo a su nieto en la cena de Acción de Gracias.
© Jose Luis Pelaez, Inc./CORBIS

Familia chinoamericana cenando sus platos típicos.
© George Ancona

Cena de una comunidad musulmana de Estados Unidos.
© George Ancona

Familia africana de Estados Unidos cenando sus platos típicos.
© George Ancona

Cocinando en familia.
© Ariel Skelley/CORBIS

Cocinando en familia.
© Richard Hutchings/CORBIS

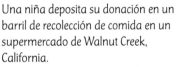

Un grupo de voluntarios cocina la cena de Acción de Gracias en el albergue para desamparados Pine Street Inn, en Boston, Massachusetts.
© Rick Friedman/CORBIS

Una niña deposita su donación en un barril de recolección de comida en un supermercado de Walnut Creek, California.
© Bob Rowan; Progressive Image/CORBIS

Desfile del Día de Acción de Gracias organizado por Macy's en la Ciudad de Nueva York.

Un grupo de amigos de diferentes etnias juega alegremente en un parque.
© Ariel Skelley/CORBIS

Celebrar y crecer

A lo largo de la historia y en todas partes del mundo, la gente se reúne para celebrar aniversarios históricos, conmemorar a alguna persona admirable o dar la bienvenida a una época especial del año. Detrás de toda celebración está el reconocimiento de que la vida es un don maravilloso y que el reunirnos con familiares y amigos produce alegría.

En una sociedad multicultural como la estadounidense, la convivencia entre grupos tan diversos invita a un mejor conocimiento de la propia cultura y al descubrimiento de las demás. Quien profundiza en su propia cultura se reconoce en el espejo de su propia identidad y afirma su sentido de pertenencia a un grupo. Al aprender sobre las culturas ajenas, podemos observar la vida que se abre tras sus ventanas.

Esta serie ofrece a los niños la oportunidad de aproximarse al rico paisaje cultural de nuestras comunidades.

El Día de Acción de Gracias

El Día de Acción de Gracias es una de nuestras fiestas favoritas. Nuestras familias se reúnen este día todos los años. Algunos vienen de muy lejos y éste es el momento de abrazarnos, contarnos historias, jugar con los niños y conservar la tradición familiar.

A lo largo del día todos los adultos participan en la preparación de la cena y los niños hacen adornos y dibujan tarjetas que colocan en los lugares donde se sentará cada persona a la mesa. Antes de cenar, todos nos tomamos de las manos y cada uno da las gracias por algo en su vida. Es siempre un momento de gran emoción.

A Mat Dalpino, Shirley MacQueen y Mary Downing,
que unen la sensibilidad a la eficacia. Al Centro de
Rehabilitación Física de Kentfield, California, agradecida.
AFA

A Juan Gabriel Roca-Paisley,
quien ya puede leer cuentos en sus dos idiomas,
con admiración y mucho cariño.
FIC & AFA

ACKNOWLEDGEMENTS
Our thanks to Sheldon Hall, who has dedicated himself to promoting the recognition of the rich contribution of Hispanics in the Southwest and in particular to reclaiming the Thanksgiving feast celebrated on the banks of the Río Bravo as an important milestone in this country's history.

© This edition:
2006, Santillana USA Publishing Company, Inc.
2105 NW 86th Avenue
Miami, FL 33122
www.santillanausa.com

Text © 2006 Alma Flor Ada and F. Isabel Campoy

Managing Editor: Isabel C. Mendoza
Copyeditor: Eileen Robinson
Art Director: Mónica Candelas

Alfaguara is part of the **Santillana Group**, with offices in the following countries:
ARGENTINA, BOLIVIA, CHILE, COLOMBIA, COSTA RICA, DOMINICAN REPUBLIC, ECUADOR, EL SALVADOR, GUATEMALA, MEXICO, PANAMA, PARAGUAY, PERU, PUERTO RICO, SPAIN, UNITED STATES, URUGUAY, AND VENEZUELA

ISBN: 1-59820-133-6

Published in the United States of America
Printed in Colombia by D'vinni Ltda.

12 11 10 09 08 07 06   1 2 3 4 5 6 7

Library of Congress Cataloging-in-Publication Data

Ada, Alma Flor.
     Celebrate Thanksgiving Day with Beto and Gaby / Alma Flor Ada [and] F. Isabel Campoy; illustrated by Claudia Rueda.
     p. cm. — (Stories to celebrate)
     Summary: Gaby and Beto's Thanksgiving plans change because of the snow, but they end up having a big celebration anyway. Includes facts about the history of Thanksgiving.
     ISBN 1-59820-133-6
     [1. Thanksgiving Day—Fiction. 2. Mexican Americans—Fiction.] I. Campoy, F. Isabel. II. Rueda, Claudia, ill. III. Title. IV. Series.

PZ7.A1857Cf 2006
[E]—dc22   2005037951